AF359904

INSTITUT DE FRANCE.

ACADÉMIE FRANÇAISE

DISCOURS

PRONONCÉS DANS LA SÉANCE PUBLIQUE

TENUE PAR

L'ACADÉMIE FRANÇAISE

POUR LA RÉCEPTION

DE M. JULES LEMAITRE

Le 16 janvier 1896

PARIS

TYPOGRAPHIE DE FIRMIN-DIDOT ET Cⁱᵉ

IMPRIMEURS DE L'INSTITUT DE FRANCE, RUE JACOB, 56

—

M DCCC XCVI

INSTITUT
1896. — 1.

ACADÉMIE FRANÇAISE.

M. Jules Lemaitre, ayant été élu par l'Académie française à la place vacante par la mort de M. Duruy, y est venu prendre séance le 16 janvier 1896 et a prononcé le discours suivant :

Messieurs,

En m'appelant ici à la succession de M. Victor Duruy, vous m'avez fait, non seulement le plus grand honneur que je pusse espérer, mais un honneur dont nul souci de parer ou d'amplifier mon sujet ne sera la rançon. Les obligations que votre choix m'impose aujourd'hui me seront, je ne dis point faciles, mais assurément très douces à remplir. A aucun moment ni dans aucune partie de la vie et de l'œuvre de mon illustre prédécesseur, je n'aurai d'autre embarras que d'égaler mon respect et ma louange aux mérites d'une vie et d'une œuvre si évidemment bienfaisantes. Et cela déjà, Messieurs, est un éloge tout à fait rare.

La certitude et l'activité ; des croyances morales simples et fortes, héritées de l'antiquité grecque et latine, attendries par le christianisme, élargies par la Renaissance, enrichies de toute la générosité acquise par l'âme humaine à travers trente siècles ; des actes conformes à ces croyances ; des écrits conformes à ces croyances et à ces actes ; le plus ardent patriotisme et le plus humain ; les plus solides vertus privées et publiques ; une sincérité entière ; toutes communications ouvertes, si je puis dire, entre la vie publique, la vie privée et l'œuvre écrite ; des passages aisés et tranquilles de la médiocrité à la puissance, de la chaire du professeur à la tribune et au cabinet du ministre, et de là au foyer domestique et au recueillement de l'étude... bref, c'est une vie singulièrement harmonieuse que celle de M. Victor Duruy, et qui laisse une telle impression de force, de suite et de sécurité dans son développement qu'elle fait songer à quelque très belle Vie de Plutarque, — côté des Romains.

J'aurai, pour vous la remettre sous les yeux, un secours qui me deviendrait une gêne si je pouvais avoir la prétention de mieux parler de M. Duruy, ou même d'en parler autrement, que ne l'a fait M. Ernest Lavisse dans l'admirable petit livre qu'il a consacré à son ancien chef et vénérable ami. Le tableau qu'il trace de l'enfance et de la jeunesse de son maître est tout cordial et charmant. Victor Duruy naquit en 1811 d'une bonne race d'ouvriers-artistes employés à la manufacture des Gobelins depuis sept générations. L'enfant respira, à la maison paternelle, ce qu'il y

avait de meilleur dans l'âme populaire du temps. Amour
de l'ordre et de la liberté, « fidélité aux principes de 89
(etpourquoi non, je vous prie?), fierté des gloires militaires
de la Révolution et de l'Empire, rêve d'une France libre,
glorieuse et honorée parmi les hommes », cela composait
une sorte de religion civique, commune alors à un très
grand nombre de Français, et faite de très antiques
bons sentiments, mais qui, naturellement, revêtaient les
formes accidentelles propres à cette époque : on n'était
pas clérical dans la maison; on était de ces Parisiens
qui, à l'endroit des « capucinades » officielles de la
Restauration, retrouvaient les propos de la *Satire Ménip-
pée;* et, le samedi soir, on se réunissait entre amis, sous
la tonnelle, pour chanter les premières chansons de
Béranger.

Né du peuple et dans le plus large courant de l'esprit de
la Révolution française — en sorte qu'il n'eut ni à changer ni à se contraindre pour être « avec son temps », —
la vie de Victor Duruy, exemplaire, tout unie dans son
fond, mais avec un air de merveilleux et, au milieu de son
cours, un coup de baguette des fées, ressemble à quelque
beau récit de la « morale en action », à mettre entre les
mains des écoliers, de ces écoliers de France pour qui il a
tant travaillé.

Ce petit enfant, qui sera un grand ministre, va d'abord à
l'école communale de la rue du Pot-de-fer. En même
temps il suit un cours de dessin à la manufacture et tra-
vaille à l'atelier des apprentis. Mais, le voyant souvent le
nez dans un livre, un des habitués du samedi dit au père
qu'il le fallait pousser. L'enfant entre donc en 1824, avec

une demi-bourse, dans une grande institution du quartier, qui devint plus tard le collège Rollin. Il y reste six ans. Au début, il était un des derniers; à la fin, il obtient le prix d'excellence. M. Duruy disait volontiers de lui-même : « Je suis un bœuf de labour. » Dès l'enfance, il commença de tracer son sillon, qui fut droit et profond, et fertile en moissons dont s'enrichirent les greniers publics.

Il passe son baccalauréat le 27 juillet 1830, première journée des « trois glorieuses », devant un jury qui portait des rubans tricolores à la boutonnière. La nuit, il saute par-dessus les murs de son collège et, s'étant procuré un uniforme et un bonnet à poil, il rejoint la compagnie de la garde nationale dont son père était capitaine. Il eût bien voulu être un héros : mais sa compagnie fut simplement employée à remettre l'ordre dans la prison de Sainte-Pélagie. Après quoi, le jeune garde national s'en va au collège Louis-le-Grand faire ses compositions d'École normale. Il s'était dit : « Professeur ou soldat ! Si je suis refusé à l'École, je m'engage dans l'armée d'Afrique. » Il ne fut point soldat. Deux de ses fils devaient l'être pour lui.

Entré le dernier à l'École normale, il en sortit, en septembre 1833, premier au concours de l'agrégation d'histoire. C'était, vous le voyez, sa destinée, d'avoir des commencements modestes et des réussites éclatantes, en sorte que chaque épisode de sa vie pût être tourné en exemple et en leçon. Son succès lui valut, après un trimestre passé au collège de Reims, d'être appelé au collège Henri IV, où le roi Louis-Philippe venait d'envoyer deux de ses fils. L'un était le duc de Montpensier. L'autre est ici. Une Providence ingénieuse donnait à ce professeur ardemment français entre nos historiens un élève, futur historien lui-même, profondément français entre nos princes.

Et Victor Duruy continue de creuser à son rang, patiemment, son loyal sillon. Car, dans cette vie si bien composée, la période illustre eut des préparations longues et fortes. Il fut donc professeur pendant plus de vingt ans. C'était un professeur excellent, grave, sans gestes, un peu lent, fait pour la toge, et qui attachait autant par son sérieux même que par le don qu'il avait de voir et de peindre ; profondément respectueux de sa tâche, et qui n'ignorait point, — je cite ses expressions, — que « l'esprit de l'enfant est un livre où le maître écrit des paroles dont plusieurs ne s'effaceront pas ».

Cependant on commençait à le connaître. Tous les collégiens français apprenaient l'histoire dans ses manuels, si clairs, si vivants, et qui firent une petite révolution dans la librairie scolaire. Les deux premiers volumes de sa grande *Histoire des Romains* paraissaient en 1843 et 1844, et lui valaient d'être décoré par M. de Salvandy. En 1845, il était nommé professeur au lycée Saint-Louis. Puis, M. de Salvandy parla de l'envoyer comme recteur à Alger. M. Duruy accepta la proposition avec joie. Il eût retrouvé là-bas, faisant belle besogne, son ancien élève, M. le duc d'Aumale. Il se voyait déjà enfermé dans un gourbi ou parcourant les montagnes kabyles pour y apprendre la langue et les mœurs des vaincus, et les aimant, et par là les civilisant à mesure qu'on les battait. Le rectorat qu'il rêvait était un rectorat très agissant, très peu sédentaire, debout et même à cheval, avec les larges façons d'un préteur romain de la bonne époque pacifiant une province.

Mais sa candidature ne plut pas à MM. Cousin et Saint-Marc Girardin. M. Duruy n'était pas sympathique à ces deux hommes, sans doute par quelques-uns des traits que nous goûtons le plus en lui.

Il aimait, notamment, à dire et à écrire ce qu'il pensait. Et c'est pourquoi, en même temps que l'évidente solidité de son mérite lui valait, même avant qu'une volonté toute-puissante ne s'en mêlât, d'appréciables honneurs dans sa carrière professorale, sa franchise ne laissait pas de lui attirer quelques difficultés. Il paraît que c'était, en 1851, une hardiesse insupportable chez un professeur de l'Université que de préférer Athènes à Lacédémone. M. Duruy ayant, dans un de ses manuels, avoué cette préférence, une note officielle la qualifia d' « audacieuse témérité ». Il eut aussi, en 1853, de longs ennuis pour un court passage de son *Abrégé de l'Histoire de France*, relatif à la constitution civile du clergé. Enfin, en 1855, soutenant ses thèses en Sorbonne, il eut ce malheur, qu'une page de sa pénétrante étude sur Tibère suggérât à M. Nisard la phrase célèbre : « Il y a deux morales », phrase qui dépassait assurément la pensée de M. Nisard et que celui-ci aurait bien voulu n'avoir pas prononcée tout à fait ainsi, mais que M. Duruy, avec une incorruptible fidélité de mémoire, se souvint d'avoir entendue...

Qu'il y ait « deux morales », il l'avait cru à son heure, le prince aux yeux troubles et aux pensées vagues qui allait faire une des meilleures actions de son règne en élevant au premier rang le professeur du lycée Saint-Louis. La théorie des deux morales, c'est-à-dire, pour parler net, le privilège accordé aux souverains et aux hommes d'État de

manquer à la morale dans un intérêt public ou qu'ils
estiment tel, peut être également l'erreur volontaire et cal-
culée d'un prince selon Machiavel — ou l'illusion d'un
mystique, comme paraît avoir été ce mélancolique empereur au souvenir de qui trop de douleur s'attache pour
que nous puissions, nous, le juger en toute liberté d'esprit,
mais qui, au surplus, se trouverait sans doute suffisamment
jugé, si l'on regarde sa fin, par le mot du grand prêtre à
OEdipe : « Malheureux ! malheureux ! je ne puis te donner
un autre nom. » Notez que, si la morale double est en effet,
dans la plupart des cas, l'invention commode et l'expression du scepticisme, elle se peut parfaitement allier avec
la croyance en un Dieu qui se soucie de certains hommes,
choisis par lui pour de grands desseins, au point de con-
clure avec eux, même en morale, des pactes spéciaux. Il
est à remarquer que, dès sa seconde entrevue avec M. Duruy, l'empereur Napoléon III ait soutenu contre lui la théorie des « hommes providentiels », exposée dans la préface
de la *Vie de César*. Évidemment, c'était là une de ses pensées habituelles et chères. M. Duruy la combattit avec une
respectueuse vigueur ; mais l'empereur ne se rendit point
et maintint le passage, ainsi qu'un autre où il expliquait
qu'en certains cas on peut légitimement violer la légalité.
« On fait quelquefois ces choses-là, avait dit M. Duruy,
mais il vaut mieux ne pas les rappeler. »

L'empereur souffrait ces franchises, et n'en pensait —
ou n'en songeait pas moins ; car il me paraît avoir songé
sa vie plus qu'il ne l'a vécue. L'épopée de son oncle,
l'étrangeté merveilleuse de sa propre aventure, lui étaient
une sorte d'opium, d'autant mieux qu'il avait été extraor-

dinairement servi par les circonstances, qu'on avait beaucoup agi pour lui, et qu'il avait passé d'une extrémité de
fortune à l'autre sans être proprement un homme d'action.
Les yeux toujours à demi clos, il ruminait confusément
l'affranchissement des nationalités, l'établissement d'une
démocratie un peu socialiste et pourtant césarienne et, par
là, l'achèvement historique de la Révolution française :
grands desseins dont les moyens d'exécution se précisaient
mal dans son imagination de doux fataliste qui, ébloui par
un destin prodigieux dont il était l'heureux jouet et dont il
se croyait le héros, comptait indolemment sur la vertu de
son étoile. Il fut de ceux dont on peut dire qu'ils sont meilleurs qu'une partie de leurs actes, parce que ses actes
furent rarement siens ou que rarement il y fut tout entier.
Il vécut ainsi dans une brume de rêve — qui, vers la fin,
s'ensanglanta.

M. Duruy rêvait peu, avait l'esprit net, était actif, croyait
à une seule morale, ne se sentait point providentiel. Comment plut-il à l'empereur? Ceci n'est point un mystère,
puisque les hommes s'attirent également par leurs contrastes et par leurs ressemblances. L'empereur aima donc
cette netteté, cette précision, ce sens pratique dont il était
lui-même si mal pourvu. Il aima aussi cette probité, cette
franchise, cette gravité douce. Il trouvait d'ailleurs en
M. Duruy (je cite ici M. Ernest Lavisse) « le sincère
sentiment démocratique, la générosité d'instincts, la foi
aux idées, le patriotisme idéaliste qui étaient en lui-
même, et le même amour philosophique de l'humanité ».
Enfin —'et je suis tenté de dire surtout, —l'auteur de la *Vie
de César* aima l'historien attitré de Rome, de cette Rome

dont la période impériale, bienfaisante du moins pendant un siècle, sous Auguste, puis sous les Antonins, occupait l'imagination du neveu de Napoléon Ier, lui présentait à la fois son idéal et son apologie. C'est en lisant le second volume de l'*Histoire des Romains*, où déjà Caïus Gracchus, si sympathique, semble une ébauche de Jules César, qu'il lui prit envie de connaître M. Victor Duruy.

Il le vit, et tout de suite ces deux hommes s'entendirent. M. Duruy ne dissimula point sa grande liberté quant aux choses de la politique. Sous le gouvernement de Juillet, il avait été de l'opposition modérée. En 1848, il n'avait pas cru qu'une république se fondât en plantant des arbres, et, le ministre Carnot ayant voulu le nommer « lecteur du peuple », il avait refusé cette fonction vague et idyllique. Il n'avait jamais été ni tout à fait pour les gouvernements qui s'étaient succédé, ni entièrement contre, étant vraiment un sage et d'un parti fort supérieur à tous les partis, celui de la raison. Il disait lui-même qu'il n'avait jamais crié ni « Vive la République, » ni « Vive la Monarchie, » ou « Vive le Roi, », ni « Vive l'Empereur ». Nullement indifférent pour cela, ou pusillanime. La haine du désordre républicain ne l'avait point jeté dans la réaction ; il avait voté le 10 décembre 1848 pour le général Cavaignac ; et aux plébiscites qui suivirent le coup d'État de décembre 1851, il avait voté *non*. Il expliqua ces votes à l'Empereur, qui lui assura qu'il les comprenait fort bien. L'empereur le prit comme il était. Cela fait honneur à tous deux.

En février 1861, M. Duruy était nommé maître de conférences à l'École normale et inspecteur de l'Académie de

Paris; en février 1862, inspecteur général; la même année, professeur d'histoire à l'École polytechnique. Il avait
passé la cinquantaine, était d'un mérite reconnu, et l'un
des professeurs les plus en vue de l'Université. Son avan-
cement ne parut anormal à personne dans sa rapidité
tardive.

Or, le 23 juin 1862, étant à Moulins en tournée d'ins-
pection, une dépêche lui apprit qu'il était nommé ministre
de l'Instruction publique. Il vit le lendemain l'empereur,
qui lui dit simplement : « Ça ira bien. » Et ça alla très
bien.

Le nouveau ministre conçut sa tâche dans toute son
étendue. Il reprit, très franchement, l'œuvre ébauchée par
la Convention nationale. Il était lui-même, par sa foi philosophique et sa conception de la cité, un Français de la
Révolution, mais muni d'expérience historique, et de pru-
dence et d'obstination romaines : quelque chose comme un
idéologue pratique (je vous prie de donner au premier de
ces deux mots son plus beau sens). Il se dit que depuis un
demi-siècle, la classe dirigeante, par égoïsme ou par hy-
pocrisie, avait trahi sa mission, d'une façon générale en
limitant à elle-même le bienfait de la Révolution d'où elle
était née, et particulièrement en laissant languir l'enseignement public. Il se dit que l'égalité des droits, récem-
ment achevée par le suffrage universel, comportant pour
tous plus de devoirs, réclamait aussi pour tous plus
de lumières. Il se dit encore que l'accession possible de
tous au pouvoir avait pour naturel corollaire l'accession
possible de tous à la science, et à tous les degrés de la
science. Il considéra que, la Révolution étant rationaliste

dans son essence, l'encouragement et la propagation de la science devait être un des principaux soucis d'une société issue de la Révolution. Et, d'autre part, historien averti par l'étude des réalités, il comprit que l'enseignement doit être quelque chose de souple et de varié dans ses formes et qui s'applique aux catégories les plus diverses d'aptitudes, de besoins ou de conditions. Et il comprit aussi que l'enseignement supérieur, plus qu'à tout autre régime, importe au démocratique, lequel est plus visiblement fondé sur la raison ; que d'ailleurs tous les ordres d'enseignement se tiennent secrètement et influent les uns sur les autres, soit que l'ordre supérieur fasse descendre dans les autres son esprit et leur fournisse leurs méthodes, soit qu'il se recrute continuellement et se renouvelle en eux, par la facilité offerte à tous ceux que ces méthodes ont éveillés de s'élever à un degré plus haut de la connaissance. Organiser l'enseignement, ce fut donc pour M. Duruy organiser à la fois tous les enseignements.

Quelques semaines après son entrée au ministère, il exposait son plan à l'empereur dans une lettre confidentielle.

« Sire, écrivait-il, il y a vingt ans on se méfiait de la démocratie, et cette méfiance, que 1848 a augmentée, s'est maintenue dans la loi. Les hommes qui ne voulaient pas de *l'adjonction des capacités* peuvent encore se réjouir en voyant la faiblesse de nos écoles primaires. » — Et c'est pourquoi il posa tout au moins le principe de l'obligation et de la gratuité, car « dans un pays de suffrage universel, l'enseignement primaire obligatoire étant pour la société un devoir et un profit, doit être payé par la communauté ».

Il étendit la gratuité, amena même plus de six mille communes à voter la gratuité absolue, créa dix mille écoles nouvelles; fonda les cours d'adultes, les bibliothèques scolaires, la caisse des écoles; réforma les études dans les écoles normales d'instituteurs ; essaya d'accommoder l'enseignement aux milieux et aux régions; introduisit des notions industrielles dans les écoles de villes, agricoles dans les écoles de campagne; mit un peu de maternité dans les salles d'asile; améliora notablement les traitements des instituteurs et des institutrices... Je m'arrête avant la fin de l'énumération et vous prie de considérer, Messieurs, que ce n'est point ma faute si l'abondance des œuvres de M. Duruy me condamne à la brièveté des indications et à la sécheresse des nomenclatures.

Dans la même lettre, au sujet des treize millions de citoyens occupés par l'industrie et le commerce, M. Duruy écrivait : « L'enseignement qu'il faut créer pour eux ne devra pas être purement technique ni étroitement préparatoire au métier, mais il dirigera vers le métier. L'industrie moderne vit autant de science et d'art que de procédés traditionnels : travaillons donc à développer l'esprit, à épurer le goût de nos futurs industriels. » — Et c'est pourquoi il transforma les collèges classiques des petites villes en « collèges spéciaux », et surtout il constitua cet « enseignement moderne », si évidemment nécessaire dans notre démocratie, et dont on arrivera, espérons-le, à trouver la forme convenable.

Il écrivait encore à l'empereur : « Assurons à ceux qui, par leurs qualités naturelles, leur naissance ou leur fortune, sont appelés à marcher au premier rang de la société...

la culture de l'esprit la plus large... afin de fortifier l'aris-
tocratie de l'intelligence au milieu d'un peuple qui n'en
veut pas d'autre... » — Et c'est pourquoi il supprima la
bifurcation en études scientifiques et littéraires « qui
sépare, disait-il, ce qu'on doit unir lorsqu'on veut arri-
ver à la plus haute culture de l'intelligence »; introduisit
dans les lycées l'histoire contemporaine et quelques
notions économiques; restaura la classe de philosophie, si
prospère aujourd'hui et suivie avec tant de passion par les
mieux doués de nos enfants. Et pour l'enseignement supérieur, il fit tout ce qu'il put : mais assurément il fit beaucoup en créant l'*École pratique des hautes études*, si féconde
et si vite illustre.

Il écrivait en terminant : « Nous ne devons pas oublier
que les femmes sont mères deux fois, par l'enfantement et
par l'éducation; songeons donc à organiser aussi l'éducation des filles, car une partie de nos embarras actuels
provient de ce que nous avons laissé cette éducation
aux mains de gens... » (1) enfin, de gens qui n'avaient pas
toute la confiance de M. Duruy. — Et c'est pourquoi,
préoccupé, ici comme ailleurs, de l'unité morale du pays,
et pour atténuer les dissentiments que la différence des
éducations apporte dans tant de ménages français, il
fonda, à la Sorbonne et dans les grandes villes, ces cours
de jeunes filles qui, depuis, ont été agrandis en lycées.

Autrement dit, Messieurs, toutes les réformes de l'enseignement poursuivies par la troisième République, c'est

---

(1) La citation complète est : « ...de gens qui ne sont ni de leur temps
ni de leur pays. »

M. Duruy qui les a commencées ; et, de toutes ensemble, c'est lui qui a tracé la méthode et, pour longtemps, défini l'esprit. Depuis les sports et lendits scolaires jusqu'à la résurrection des universités provinciales, il a tout prévu, tout préparé. Et ce qu'il fit, on peut dire, en un sens, qu'il le fit seul ; j'entends sans autre secours que celui de collaborateurs dont le zèle, communiqué et échauffé par lui, était son ouvrage encore. Il était isolé parmi les autres ministres, leur était presque suspect. L'empereur le laissait faire, ne le désavouait pas, mais ne l'aidait point ; et peut-être cela valait-il mieux. Les réformes du ministère Duruy furent véritablement l'œuvre personnelle de M. Victor Duruy.

Par là, et par l'ampleur, l'harmonie, la beauté rationnelle et la souplesse du plan conçu ; par l'activité ardente et méthodique déployée dans l'exécution ; par l'importance des résultats acquis et des fondations demeurées ; enfin par le bonheur qu'il eut d'imprimer à tout l'enseignement national une direction si juste, si bien prise dans le droit fil des plus légitimes besoins et des meilleurs désirs de notre temps, que ses successeurs, depuis vingt-cinq ans, n'ont eu qu'à la maintenir, j'ose dire que le ministère de M. Victor Duruy fut un des plus grands ministères de ce siècle.

Il eut de sourds ennemis : les beaux esprits universitaires, les dilettantes, les sceptiques. Il en eut de déclarés et de violents : la plus grande partie des évêques et du clergé.

M. Duruy était très réellement respectueux du christianisme, très scrupuleux observateur de la neutralité religieuse. Il n'y a pas, dans ses livres, un mot qui puisse alarmer la foi d'un écolier. Jamais il ne troubla par une taquinerie la vie religieuse des écoles, où l'on apprenait encore, de son temps, le catéchisme et l'histoire sainte. Chaque année, il se faisait un devoir d'accompagner, dans les lycées où ce prélat donnait la confirmation, Mgr Darboy, qui était, d'ailleurs, un homme doux et triste et, dit-on, d'une foi très peu agressive.

Mais il a été dit aux prêtres : « *Ite et docete.* » L'Église ne peut renoncer à l'éducation des âmes ou consentir à la partager sans renier sa mission divine. Du moins elle pensait ainsi, ou plutôt (car elle ne saurait penser autrement), ce que la nécessité l'oblige à taire aujourd'hui, elle pouvait encore, il y a trente ans, le crier très haut. Elle ne s'en fit point faute. Les deux plus chauds épisodes de la lutte furent la discussion au Sénat de la pétition Giraud (qui concluait à la liberté de l'enseignement supérieur), et l'assaut de quatre-vingts évêques contre les cours de jeunes filles ; « nos jeunes filles », disait l'un d'eux.

Ici, Messieurs, je me dérobe avec simplicité. Il ne convient pas, dans une cérémonie aussi manifestement pacifique que celle-ci, d'agiter de ces questions qui veulent qu'on prenne parti, et toujours contre quelqu'un, et presque toujours véhémentement, malgré qu'on en ait. Je veux, parcourant l'histoire de ce passé, n'en retenir que ce dont nous pouvons tomber tous d'accord : la hauteur du dessein et la beauté de l'effort de M. Duruy; admirer pourquoi il le tentait, et non pas contre qui; et dire ma piété pour sa mémoire sans désobliger personne, fût-ce parmi les morts... Je me contenterai de remarquer que des prêtres, même excellents, ont peut-être, dans ces dernières années, regretté M. Victor Duruy.

Laissons donc ce que des évêques et des catholiques fervents ont jadis pensé de son œuvre. Notons seulement ce qu'un sceptique même en pourrait dire. — Il dirait que le grand ministre dut être surpris de quelques-uns des résultats de ses réformes ; qu'il ne paraît guère que l'instruction gratuite, obligatoire et laïque ait éclairé le suffrage universel ; que la superstition du savoir a jeté dans l'enseignement des fils et des filles du peuple et de la petite bourgeoisie, qui, infiniment plus nombreux que les places à occuper, n'ont fait que des déclassés et des malheureuses ; que la demi-science, exaspérant les vanités, les rancunes, les ambitions, ou simplement les appétits, en même temps qu'elle ôtait aux consciences les entraves et à la fois les appuis des croyances religieuses, a grossi l'armée des chimériques et des révoltés ; qu'ainsi la société s'est trouvée, justement par ce qui devait la pacifier et l'unir, plus menacée qu'elle ne fut jamais ; et que, si l'œuvre de M. Duruy fut une œuvre de grande volonté et de grand courage, elle fut donc aussi une œuvre d'étrange illusion...

Ces objections, Messieurs, Victor Duruy les a sûrement prévues, et j'estime qu'il n'a pas dû en être troublé outre mesure. D'abord, quand on veut signaler les maux qui se mêlent à une réforme, on a toujours soin d'oublier ou de taire ceux auxquels elle est venue remédier. Puis il s'agit d'une de ces entreprises qui ont besoin du temps pour être consommées et pour porter leurs vrais fruits. Habitué par ses travaux historiques aux lenteurs des transformations sociales, M. Duruy nous eût conseillé les patients espoirs. Il n'entrait pas dans son esprit que l'ardeur de savoir pût n'être pas un bien. Car, si l'univers a un but,

il faut que ce soit, pour le moins, d'être connu de l'homme
et de se réfléchir en lui, puisque, au surplus, les méta-
physiciens nous disent que le monde n'existe qu'en tant
qu'il est pensé par nous. « Science sans conscience est la
ruine de l'âme ? » Certes, M. Duruy en était énergiquement
d'avis : mais il eût nié que la science, à l'entendre bien,
puisse être sans conscience. Un homme qui saurait tout
serait nécessairement bon. Il serait guéri de la vanité, de
la haine et de l'envie ; car l'intelligence totale de ce qui
est en impliquerait pour lui, j'imagine, la totale accep-
tation ; et puis, connaissant tout, j'aime à croire que,
entre autres choses, il connaîtrait avec certitude que l'intérêt de l'individu coïncide avec celui de la communauté
humaine. C'est par un seul et même raisonnement que l'an-
cienne théodicée prouve Dieu omniscient et tout bon. Or,
si la science, supposée complète, entraîne la bonté, elle ne
peut, incomplète, être malfaisante en soi, ni même parce
qu'elle est incomplète, mais seulement par la faute des
passions qui occupaient déjà avant elle le cœur des hommes.
D'un autre côté, une morale rationaliste, non assise sur
des dogmes, non défendue par des terreurs et des espérances précises d'outre-tombe, fondée sur le sentiment de
l'utilité commune, sur l'instinct social, sur l'égoïsme de l'espèce qui est altruisme chez l'individu et s'y épure et s'y élar-
git en charité, enfin sur ce que j'appellerai la tradition de la
vertu simplement humaine à travers les âges, une telle
morale ne peut que très lentement établir son règne dans
les multitudes : il lui faut du temps, beaucoup de temps,
pour revêtir aux yeux de tous les hommes un caractère
impératif... Oui, M. Duruy eût dit : « Attendons ! » Et

il lui eût été fort égal d'être taxé d'optimisme, c'est-à-dire, au jugement de quelques-uns, d'ingénuité. Un certain optimisme n'est qu'une forme ou une condition même du courage et de l'activité. Le pessimisme est excellent pour soi, pour la vie et le perfectionnement intérieurs, — à moins qu'au contraire (cela s'est vu) il ne devienne une excuse à la corruption et à la lâcheté. Mais agir pour les autres, durant de longues années, durant toute une vie, cela ne se conçoit guère sans un peu de confiance en la future victoire de la raison. Il faut bien alors affronter la honte d'être optimiste. J'avoue que, pareil en cela aux hommes du siècle dernier, M. Victor Duruy l'a affrontée largement.

J'ai dit qu'il s'appuyait uniquement sur l'estime et l'amitié de l'empereur : c'est pour cela qu'il fut si libre et put tenter de si vaillantes entreprises. Il jugeait que l'empire devait d'autant plus faire pour le peuple que le peuple avait abdiqué entre ses mains. Lors donc que Napoléon III fit un ministère libéral, M. Duruy se trouva plus libéral, et bien autrement, que ce ministère ; en sorte que le souverain, devenu constitutionnel, dut se séparer du serviteur trop hardi qu'il avait pu maintenir au temps de son absolutisme.

Tranquillement, comme Cincinnatus à sa charrue, M. Victor Duruy retourna à son *Histoire des Romains*. Il changeait ainsi de besogne, mais non de pensée, et ne quittait point le service de la France. Irréprochable unité de dessein dans cette longue vie ! C'est un ancien projet d'histoire de France qui l'avait conduit à écrire l'histoire de Rome et l'histoire de la Grèce. Il disait, dans l'avant-propos de celle-ci, quelques années avant sa mort : « Il y a plus d'un demi-siècle, élève de troisième année à l'École normale, j'avais, avec l'ambition ordinaire à cet âge, formé le projet de consacrer **ma** vie scientifique à écrire une Histoire de France en huit ou dix volumes. Devenu professeur, je me mis à l'œuvre ; mais, en sondant notre vieux sol gaulois, j'y rencontrai le fond romain, et pour le bien connaître je m'en allai à Rome. Une fois là, je reconnus que la Grèce avait exercé sur la civilisation romaine une puissante influence ; il fallait donc reculer encore et passer de Rome à Athènes. Ce qui ne devait être qu'une étude préliminaire a été l'occupation de ma vie. Les deux préfaces sont devenues deux ouvrages. »

Historien d'incroyable labeur, de composition vaste et harmonieuse, d'exposition colorée et vivante, M. Duruy est surtout original en ceci, qu'à la scrupuleuse critique d'un savant moderne il joint constamment le souci moral d'un historien antique. Il fait songer, par endroits, à un Tite-Live épigraphiste, ou, mieux, à un Polybe muni, par le progrès des siècles, de plus sûres méthodes. Dans son Résumé général de l'*Histoire des Romains*, morceau d'une gravité, d'une majesté toute romaines, et d'une plénitude et d'une fermeté de pensée et de forme qui égalent Victor Duruy aux plus grands, après avoir confessé que la philosophie de l'histoire, cette prophétie du passé, ne permet pas les prévisions certaines, il ajoute : « Non, l'histoire ne peut annoncer quel sera le jour de demain ; mais elle est le dépôt de l'expérience universelle ; elle invite la politique à y prendre des leçons, et elle montre le lien qui rattache le présent au passé, le châtiment à la faute. Cette justice de l'histoire n'est pas toujours celle de la raison ; elle épargne parfois le coupable et saute des générations ; mais jamais les peuples n'y échappent... Considérée ainsi, l'histoire devient le grand livre des expiations et des récompenses. »

C'est autant peut-être par ce souci moral que par amour de la vérité vraie qu'il évite de faire trop large la part des personnages historiques, même des plus séduisants. Écoutez ces fermes paroles : « ... Les plus grands en politique sont ceux qui répondent le mieux à la pensée inconsciente ou réfléchie de leurs concitoyens. Ils reçoivent plus qu'ils ne donnent... Cette doctrine ne détruit la responsabilité de personne, mais elle l'étend à ceux qui trouvent commode de s'en affranchir. »

Il nous rappelle ainsi à chaque instant que c'est tout le monde qui fait l'histoire et que nous avons donc tous, pour notre part infime, le devoir de la faire belle — ou de l'empêcher d'être trop hideuse. Oui, l'historien, chez M. Duruy, est un moraliste qui tire, à mesure, la morale de l'énorme drame dont sa scrupuleuse érudition a vérifié les innombrables scènes. Le « résumé général » de l'*Histoire des Romains* et celui de l'*Histoire des Grecs* ressemblent à l'examen de conscience de deux peuples. Car (pour ramener la complexité des choses à des expressions toutes simples) on aurait presque tout dit en disant que si la Grèce s'éleva par sa générosité charmante, elle périt par quelque chose d'assez approchant de ce que nous nommons le dilettantisme ; et de même, si c'est en somme par la vertu que grandit la république romaine, dire que, avant de mourir par les barbares, l'Empire

mourut du mensonge initial d'Auguste et de n'avoir pas eu
les institutions qui en eussent fait une patrie au lieu d'un
assemblage de provinces, et à la fois de la corruption
païenne et de l'indifférence chrétienne à l'égard de la cité
terrestre, et encore de l'abus de la fiscalité qui amena la dis-
parition de la classe moyenne, c'est dire, au fond, qu'il
périt faute de franchise ou de bon jugement chez ses
fondateurs, faute de liberté et d'égalité, faute de commu-
nion morale entre ses parties et, finalement, faute de
bonté. — Et toutefois le sévère historien sait gré à Rome
d'avoir eu quelque chose de ce qu'il lui reproche de n'avoir
pas eu assez. Après tout, la conquête romaine, relativement
douce aux vaincus, substitua aux lois étroites de la République les lois générales et moins dures de l'Empire ; elle
aplanit sans le savoir, pour la propagande chrétienne, tout le
champ méditerranéen, et, d'autre part, respecta presque
toujours l'indépendance de la pensée philosophique et
commença de fonder, à travers le monde, la république
des libres esprits ; elle fut enfin, pour une portion con-
sidérable de la race humaine, un puissant agent d'unité,
encore qu'imparfaite et bientôt défaite... Et puis, nous
venons de Rome ; et Victor Duruy ne peut se défendre
d'aimer en Rome, initiée de la Grèce et notre initiatrice
dans le travail jamais achevé de la civilisation, l'aïeule
même de la France.

1870 le surprit dans ce labeur. Il avait pressenti la
catastrophe. En 1864, il avait souhaité une intervention
en faveur du Danemarck ; en 1866 une alliance avec l'Au-
triche et l'envoi d'une armée d'observation sous Metz. Et
après Sadowa, il avait conseillé de préparer la guerre,

à toute occurrence. — Pendant que son fils Albert, âme héroïque de l'aveu de tous ceux qui l'ont connu, partait avec les turcos pour être des premiers à la frontière, M. Duruy, à soixante ans, réclamait une place dans la garde nationale.

Tels ces citoyens de foi opiniâtre qui, après Cannes, refusèrent de désespérer de Rome (car cette vie d'un bon Français éveille aisément des souvenirs romains), ou tel Condorcet, traqué, écrivant son *Esquisse d'un tableau historique des progrès de l'esprit humain,* — ainsi, une nuit du tragique hiver, dans sa casemate, Victor Duruy crayonna pour lui-même, sur un carnet, cette profession de foi, admirable en cet excès de détresse : « A cette heure funèbre, quelle est ma foi et mon espérance?... La France peut succomber momentanément sous l'effort d'ennemis qui, depuis cinquante ans, se sont si bien préparés à l'assaillir. Elle se relèvera si elle reconnaît bien le grand courant du monde, et si elle s'y plonge et s'y précipite... L'humanité, comme Dieu même, n'a que des idées fort simples et en petit nombre, qu'elle combine de diverses manières... » Il marquait alors la suite historique de ces combinaisons et il admirait ce long effort « logique » pour affranchir « le fils du père, le client du patron, le serf du seigneur, l'esclave du maître, le sujet du prince, le penseur du prêtre, l'homme de sa crédulité et de ses passions », pour mettre « l'égalité dans la loi, la liberté dans les institutions, la charité dans la société, et donner au droit la souveraineté du monde ». Et, constatant que la France marchait en avant des autres peuples vers cet idéal, il concluait : « Pour nous venger, il nous faudra y traîner nos ennemis même. »

Hélas! la plaie n'en était pas moins inguérissable au cœur du patriote. Joignez à cela de cruelles douleurs domestiques : la mort d'une femme, de deux filles, de deux fils. Parmi de tels deuils, j'ose à peine compter pour des joies le succès européen de l'*Histoire des Romains*, et l'admission de M. Duruy dans trois Académies. Mais sa vieillesse commençante avait rencontré la plus dévouée et la meilleure des compagnes ; et, de ses deux fils survivants, il vit l'un, historien et romancier de vive imagination et de sensibilité vibrante, trouver l'emploi de son généreux esprit dans cette chaire d'histoire de l'École polytechnique où il avait lui-même enseigné jadis, et l'autre, sorti premier de Saint-Cyr, s'en aller défendre nos ultimes frontières dans cette Algérie où le père avait dû être envoyé comme recteur au temps de la conquête. Il y a ainsi de beaux sangs, et forts, où la magnanimité se perpétue.

Les dernières années de M. Duruy furent entourées d'un respect universel. On l'exceptait, pour ainsi parler, du second empire, — sans qu'il sollicitât, en aucune manière, cette exception. Le respect, jamais homme ne le mérita mieux, et de toutes manières, et, avec le respect, l'affection. Tous ceux qui l'approchaient, soit dans son modeste appartement de Paris, soit à Villeneuve-Saint-Georges, où sa médiocrité de fortune lui avait pourtant permis d'acquérir la maison et le jardin du sage, l'aimaient pour sa bonté, sa douceur, la simplicité de ses mœurs et l'on peut bien ajouter, — car la chose était exquise chez un vieillard, et l'on sait ici le vrai sens des mots, — pour sa naïveté : disposition d'esprit franche et fière, qui n'excluait ni la connaissance des hommes ni la finesse, mais seulement les défiances et les moqueries stériles et le pessimisme d'amateur. *Candor ingenuus*, comme disaient ses chers Romains.

De telles figures sont bonnes à regarder. Elles rappellent aux âmes inquiètes que, entre les croyances confessionnelles et le doute ou la négation, il reste à la conscience des refuges; qu'il est toute une vénérable tradition de postulats moraux, sur qui l'on peut dire que, depuis les temps historiques, ont vécu tous les hommes de bien : car ceux mêmes d'entre eux qui n'y croyaient pas ont agi comme s'ils y croyaient, et ceux qui croyaient à quelque chose de plus croyaient donc à cela aussi. Le probe historien Victor Duruy fut un homme excellemment représentatif de cette tradition, qui fait tout le prix de la longue histoire humaine. Il dit quelque part que les Grecs de la décadence « manquaient de ces fermes assises si nécessaires pour porter honorablement la vie ». Ces assises séculaires, il les eut en lui, profondes : et vous savez si, en effet, il porta la vie honorablement. Sans prétendre définir dans la grande rigueur ces idées entrevues par la conscience et sommées par elle d'être des vérités, il croyait en Dieu, à une survie de l'âme et à une responsabilité par delà la mort, à une signification morale du monde et, malgré sa marche un peu déconcertante, au progrès. Il croyait que le travail, la domination sur soi, la sincérité, la justice, le dévouement à la famille, à la patrie, à l'humanité, sont des devoirs dont la base est assez éprouvée pour que nous y donnions notre vie sans crainte de nous tromper trop grossièrement, et pour que nos scepticismes et nos ironies ne soient plus qu'exercices de luxe et d'agrément passager. Il

croyait que les vivants sont comptables, devant la génération qui les suit, de tout l'actif de l'héritage des morts.
Il avait pour la France, qu'il servit si bien, le plus ardent
amour, le plus religieux et le plus confiant. Et il mourut
doucement, malgré tout, une invincible espérance au cœur.
Recueillons sa vie comme un exemple. Plus qu'un grand
ministre et plus qu'un historien illustre, Victor Duruy fut
un de ces hommes qui, par la façon dont ils ont vécu, nous
rendent plus claires et augmentent même à nos yeux les
raisons que nous avons de vivre.

RÉPONSE

DE

M. GRÉARD

DIRECTEUR DE L'ACADÉMIE

AU DISCOURS

DE

M. JULES LEMAITRE

Prononcé dans la séance du 16 janvier 1896.

MONSIEUR,

Il y a quelques semaines, ici même, le plus ancien des amis de M. Duruy, un ministre de l'Instruction publique, un homme d'État comme lui, rendait à sa mémoire, au nom de l'Académie des Sciences morales, un double hommage : mettant de côté la Notice qu'il avait écrite, il en improvisait, séance tenante, une seconde, pleine de charme. Vous avez à votre tour retracé de notre cher et vénéré confrère une image si complète, si expressive, qu'en vérité il ne me reste plus rien à dire. Tout au plus voudrais-je ajouter quelques traits à la physionomie du professeur et de l'homme, du professeur qui a exercé tant d'action, de l'homme que j'ai beaucoup aimé.

C'est au Lycée Napoléon que j'ai connu M. Duruy. Nous avions les mêmes élèves. Dans la cour d'honneur qui porte aujourd'hui son nom, il y avait un banc où presque tous les jours, avant l'entrée en classe, il venait s'asseoir. Moi aussi je devançais l'heure, pour jouir de son entretien et m'inspirer de son exemple. Prêt à répondre aux appels qu'attendaient son activité novatrice et sa légitime ambition, M. Duruy faisait ce qu'il avait à faire, comme s'il n'eût jamais dû faire autre chose. C'était l'homme du devoir simplement accompli. Il aimait la jeunesse autant qu'il en était aimé, et n'avait pas de plus grande joie que de pressentir le talent. Vous en avez cité d'illustres exemples. Il serait aisé de les multiplier. Peut-être lui devons-nous Henri Regnault. Le peintre futur du général *Prim* et de la *Salomé* s'amusait à couvrir ses cahiers scolaires de dessins qui ne répondaient pas toujours à l'objet de la leçon, et son père se refusait à lire dans ces illustrations les secrets de l'avenir. Ce fut M. Duruy qui le décida à laisser le jeune artiste suivre sa vocation. Il ne lui suffisait pas d'ailleurs de distinguer les élites. Il aimait dans les classes ce que, comme les foules, elles recèlent d'inconnu. Telle est la récompense secrète de ce dur labeur d'enseignement : on sème à pleines mains, à toute volée, et un jour, de ces mille sillons la moisson lève, loin, bien loin parfois des yeux de celui qui l'a préparée, moisson d'idées saines, de sentiments justes et délicats, qui font la force intellectuelle et morale d'un pays. M. Duruy a été un de ces vaillants semeurs. Tous ceux, professeurs ou élèves, qui se rattachent à la génération de 1850 savent ce que l'*Histoire Universelle*, publiée sous sa direction, a versé dans notre enseigne- ment d'idées nouvelles et répandu de lumière. Il obéissait à un autre sentiment que celui d'une affectueuse cour- toisie, quand, présidant pour la première fois la distribu- tion des prix du concours général, il disait à l'Université : « J'aurais voulu que l'usage me permît de me présenter ici sous le costume professionnel que j'ai porté pendant trente ans. » Nul ne l'a plus honoré.

L'éclatant succès de ses ouvrages sur l'histoire des Grecs et sur celle des Romains ne doit pas faire oublier ce qu'il a fait pour la nôtre. En plus d'un point, il l'a renouvelée dans ses livres. Il y portait, dans ses leçons, une passion élevée, la passion d'un maître de la jeunesse qui sait que le vrai patriotisme, le seul digne d'un grand peuple, est celui qui se raisonne, non celui qui s'exalte. Vous avez rappelé, Monsieur, les conclusions de l'*His- toire des Romains* et leur ampleur sereine. Je ne sais si je ne préfère pas encore la sobre préface de l'*Histoire de France*. Avec quel accent de grandeur mesurée l'auteur y explique nos destinées ! Si notre littérature est entre toutes la plus humaine, dit-il, c'est qu'elle est la plus imperson- nelle ; si le rôle de la France a de tout temps tourné au profit de la civilisation, c'est que rien de ce qui est outré n'y dure ; s'il n'est permis à aucune nation de revendiquer l'honneur d'avoir seule guidé les autres dans les voies du progrès, il n'est pas de peuple, dont le regard, au sortir de ses propres frontières, ne se porte d'abord sur le pays où Mirabeau a jeté ce cri éloquent : « Le droit est le souve- rain du monde. » — « Après la bataille de Salamine, con-

clut-il avec un spirituel souvenir, les chefs grecs se réuni-
rent pour décerner le prix de la valeur : chacun s'attri-
buait le premier; mais tous accordèrent le second à Thé-
mistocle. »

M. Duruy était avant tout de son pays et de son temps.
Ce qui sonnait haut et clair faisait vibrer son âme. Il avait
l'instinct profond des grands devoirs de la démocratie moderne. Au cours de son ministère, je lui avais conduit un édu-
cateur étranger. C'était un matin, vers sept heures. Il y avait
déjà longtemps qu'il était à sa table de travail, occupé à rédi-
ger pour l'empereur une note sur l'organisation de l'assis-
tance médicale dans les campagnes. Avec sa bonne grâce
expansive, il nous expliqua son projet, qui se rattachait à
tout un plan de réformes sociales. Cet administrateur
rare, ce politique qui avait tant à se défendre, ce finan-
cier que la nécessité obligeait à serrer ses comptes de si
près, avait conservé, sous le poids des affaires, tous les
élans de la jeunesse. Une fois engagé dans l'action, il ne
se laissait plus conduire que par la sagesse pratique. Il y
apportait cet admirable mélange de hardiesse et de rete-
nue, de décision et de mesure, qui a donné à son œuvre
de si fortes assises. Mais c'est le cœur qui le plus souvent
avait imprimé le branle à la pensée. Prenez chacune des
nouveautés qu'il a introduites dans notre éducation nationale : il n'en est pas, à l'origine de laquelle, en même
temps qu'une idée juste, on ne trouve un sentiment
généreux.

La générosité était le fond même de sa nature. Il fut
toujours doux aux hommes, comme aux idées. On n'est point
un ministre agissant sans provoquer bien des résistances.

De la part de ceux dont le concours lui aurait paru naturellement acquis, la tiédeur du zèle l'attristait; elle ne l'aigrissait pas. Quand il était clair qu'à travers sa personne, c'étaient les principes qu'on voulait atteindre, ces principes qu'il avait hérités, comme vous disiez, de la lignée du meilleur esprit français, il s'offrait intrépidement à la lutte. Mais si les adversaires ne lui manquaient point, je ne sache pas qu'il ait eu un seul ennemi. Vraiment libéral, n'ayant jamais aimé le pouvoir pour lui-même, ne s'en servant qu'au profit du bien public, la droiture parfaite de ses intentions et l'élévation naturelle de son caractère lui rendaient la bienveillance facile. Elle rayonnait sur tous les traits de son franc et mâle visage. Malgré les attaques dont aucune ne lui fut épargnée, je ne crois pas que, même dans l'emportement de la lutte, il ait une seule fois saisi l'occasion de rendre le mal par représailles; il n'a jamais laissé échapper celle de faire le bien. Combien j'en sais dont la reconnaissance ne s'éteindra qu'avec leur dernière pensée !

Cette noblesse d'âme qui l'avait d'emblée égalé aux charges les plus hautes, le rendit sans plus d'effort à ses travaux. Six ans d'activité féconde ne l'avaient pas enivré ; le recueillement du cabinet ne le surprit point. Sans les tristesses patriotiques dont il souffrait cruellement, sans la douleur profonde qui, après tant d'autres, vint désoler son foyer, j'oserais dire qu'il n'a pas connu d'années plus heureuses que celles de sa verte vieillesse. Ce n'est pas sans motif que jadis, au risque de compromettre sa carrière, il préférait Athènes à Lacédémone. Ce grave et judicieux Romain était un contemporain, non du vieux Caton, mais de Cicéron, de César et de Térence : il avait fréquenté les jardins d'Académus, suivi les leçons de Phidias et de Platon. Ce fut pour lui une pure jouissance de reprendre l'histoire de la Grèce et de Rome à la lumière des découvertes de l'archéologie contemporaine. Les deux monuments achevés à plus de quatre-vingts ans, il se réfugia dans ses plus chers souvenirs ; et, sous la garde d'une affection aussi intelligente que dévouée, il se laissa envelopper par les repos.

Sa mort fut un de ces deuils, qui, sans pompe, sans appareil, vont au cœur d'un pays. Il avait décliné tous les honneurs. Mais dans le petit village qui, pendant près de quarante ans, avait été sa retraite préférée, la retraite de la grande comme de la modeste fortune, au pied de la colline qu'il avait gravie tant de fois, le soir, après sa journée faite, emportant à méditer quelque grave sujet, une foule émue s'était rassemblée d'elle-même, la foule de ceux qui l'aimaient ; et dans le silence des discours, chacun pensait que l'État avait perdu un de ses grands serviteurs, la France un de ses meilleurs citoyens.

En vous appelant à lui succéder, Monsieur, nous ne pouvions associer à des souvenirs plus glorieux de plus attachantes espérances.

Vous souvient-il du jour où, dans un billet du matin à votre petite cousine, vous disiez, en parlant de l'Académie : « Cette boîte-là ! » Une boîte ! Le mot doit vous sembler un peu vif aujourd'hui. Mais il y avait, dans ce billet des premiers jours de mai, tant de verve printanière ! Je lui en pardonnerais bien d'autres, disait un jour, à propos de je ne sais quelle échappée, votre Directeur d'École normale, Ernest Bersot. C'est le caractère de vos moindres écrits que vous y apparaissez dans votre naturel. Tour à tour pétillante d'esprit ou voilée par la réflexion, votre œuvre vous peint, et l'on peut s'y fier, pourvu que l'on vous prenne, comme vous vous donnez, dans la bonne foi de votre complexité, — pourvu surtout qu'on sache jouir de ce que vous êtes aujourd'hui et attendre ce que vous serez demain.

Rien de plus instructif que de remonter aux origines de votre éducation. Le premier trait qui la distingue, c'est la fidélité au pays natal. En ces temps de passion voyageuse, vous n'êtes rien moins que cosmopolite. Il vous est arrivé, par nécessité de profession, d'aller en Algérie. Par nécessité professionnelle encore, vous avez séjourné au Havre, à Grenoble, à Besançon. Ç'a été votre tour de France ; je ne sache pas que vous l'ayez renouvelé. Et quant au tour du monde, je suis bien sûr que vous n'y avez jamais pensé. Une aurore boréale, un coucher de soleil sur les glaciers, vous est un spectacle inconnu et qui ne vous tente pas. Vos points cardinaux sont Orléans et Tours ; vos horizons, les bords de la Loire. Mais il y a là, quelque part, non loin de Beaugency, un grand verger qui descend vers un ruisseau bordé de saules et de peupliers ; c'est pour vous le plus beau paysage de l'univers, car vous le connaissez et il vous connaît : cela vous suffit. Vous en rêviez dans l'année d'exil où le soleil d'Afrique vous fatiguait les yeux ; vous l'avez chanté en petits vers, simples, doux, tout unis comme lui, mais, comme lui aussi, rafraîchissants et reposants. Et ce n'est pas seulement quand vous en êtes éloigné qu'il vous fait battre le cœur.

Vous n'êtes point, comme Paul-Louis, un **Tourangeau de Paris**. Chaque année, juin venu, il faut que **vous** alliez errer en ce coin béni, par les sentiers que noient les hautes herbes, sous le soleil, dans l'odeur des foins. Vous aimez la terre en petit paysan, humblement et délicieusement reconnaissant envers sa nourrice. La nourrice non plus n'est pas ingrate. Elle a habitué le petit paysan à se promener à travers le monde, l'œil alerte et avisé, l'oreille fine, le nez au vent, toujours en quête et toujours sur ses gardes. Un jour, par les rues de la grande ville que le cœur lui brûlait de connaître, il rencontrera Gavroche, qui le conduira aux foires de la banlieue, à Vincennes, à Neuilly; et quand sera venue la fête de l'Exposition universelle, les deux frères, le citadin et le rustique, associeront leur esprit d'observation gouailleur et enthousiaste, leur bon sens ému, leur verve endiablée, pour raconter à la petite cousine de Beaugency les merveilles du Champ de Mars et du Trocadéro.

C'est au village que votre éducation a été ébauchée, dans l'école de votre père : et quelle ne dut pas être sa fierté, le jour où il reçut vos poésies de début, les fins *Médaillons*, précédés de la dédicace si affectueusement filiale qu'il m'a été donné de voir! Sous quel patronage vous êtes allé au séminaire, je l'ignore. C'est avec respect que vous y êtes entré, avec respect que vous en êtes sorti. Respect clairvoyant, mais sincère. Dans le fond de votre cœur, aujourd'hui encore, il subsiste une sorte de cité de Dieu, que vous n'habitez plus, mais où vous ne souffrez pas qu'on pénètre le sourire aux lèvres.

Du séminaire vous avez passé à l'École normale, presque

de plain-pied. A l'éducation de l'Église se superposa dans votre esprit l'éducation du siècle, sans crise, comme une façon nouvelle. La discipline intellectuelle de l'École s'empara de vos facultés, et les régla, sans les contraindre. Vous n'êtes pas de ceux qui, comme J.-J. Weiss, y ont senti peser les murs d'une prison. Vous vous trouviez à l'aise et vous preniez vos aises. J'ai même oui-dire que vous aviez la la réputation de laisser venir sans impatience l'heure du travail. Comme quelques-uns de vos anciens, comme Taine, About, Sarcey, Prevost-Paradol, Frary, vous aviez les yeux tournés vers la porte par où s'envolent les rêves. En attendant, l'esprit large et sain de l'École vous pénétrait. L'enseignement des maîtres, l'exemple des camarades, vous inculquait le goût de la méthode et de la science, l'habitude de la précision dans la recherche, le besoin de la probité dans la pensée et le sentiment.

Quand à un apprentissage de la vie aussi personnel et aussi divers vient s'ajouter l'expérience même de la vie qui ramène l'esprit sur soi, le concentre et achève de le mûrir, il ne manque plus au talent pour se produire que l'occasion, laquelle ne manque jamais : le vôtre éclata.

Elle était pourtant bien modeste et bien obscure la scène de votre premier succès : une petite salle basse du Collège de France ; au milieu, une table étroite chargée de vieux livres, et sur les bancs environnants quelques auditeurs clairsemés. Mais derrière la table siégeait Renan. Vous vous étiez glissé dans un coin ; et, quelques jours après, paraissait le portrait qui marque une date dans votre histoire. Comme par l'éclair photographique, le maître est saisi : la large carrure, la tête puissante dans sa finesse

épaissie par l'âge, le feu du regard, la malice du sourire, le geste qui enfonce la démonstration irréfutable ou
qui lance la remarque légère comme une bulle destinée
à crever, la force de l'idée et l'abandon du langage, ce qui
se voit et ce qui ne se voit pas, toute la mimique apparente,
toute la vie intérieure de la plus mobile des intelligences
et des physionomies. L'impression fut d'autant plus vive
qu'elle allait bien au delà d'un effet littéraire. Ce n'était
pas seulement un incomparable modèle que vous aviez eu
l'ambition de représenter. Le grand séducteur avait jadis
pris possession de votre esprit, non sans y exciter certaines
angoisses ; et avec une émotion dont la grâce juvénile n'excluait pas la gravité, vous aviez voulu savoir, bien en face
de lui, les yeux dans les yeux, de quelle humeur, triste ou
gaie, il soutenait sa doctrine sur l'universelle contingence
des choses, comment il en conciliait l'idée avec les invin-
cibles instincts de l'âme humaine et les besoins éternels
des sociétés.

Les *Portraits* qui suivirent ne furent pas accueillis avec
moins de faveur. Votre bienvenue au monde vous riait dans
tous les yeux. La veine était si franche, la source si vive, si
jaillissante, si limpide jusque dans son trouble ! Elle laissait si clairement transparaître l'ondoyante agitation et
les replis secrets d'une curiosité ardente à se répandre,
à voir, à comprendre, à jouir, et en même temps décon-
certée parfois et comme désenchantée par ce qu'elle avait
vu et compris, hardie et pleine de scrupules, heureuse et
inquiète ! C'est vous-même qui l'avez dit, Monsieur : « Dans
la plupart de mes actes ou de mes états de conscience, je
sens en moi deux hommes. » Et si, à les séparer, on cour-

rait le risque de rompre le charme, on ne peut se flatter de vous connaître, sans les distinguer.

Le premier qui se montrait, que vous mettiez même un peu de coquetterie à découvrir, c'était l'homme d'impression, celui qui ne se pique de rien, ne se prononce sur rien, ne se croit assuré de rien, sinon de l'attrait qu'il éprouve et du plaisir qu'il goûte. De là, en matière de critique, ce principe qu'il n'y a point de principes. A ceux qui vous opposaient les règles, les traditions, les **Temples du goût** et les égarements du sens propre, comme disait Nisard, vous répondiez : Vieilles illusions et préjugés que tout cela ; aspiration vaine au retour d'une monarchie universelle du goût qui a fait son temps ! Vos principes ne sont que des préférences personnelles, disons tout au plus, si vous voulez, des préférences personnelles immobilisées. Non, lire un livre, ce n'est pas amener l'auteur au pied de la toise et le renvoyer avec son numéro d'ordre, étiqueté et classé, pour l'édification de la jeunesse ; c'est aller à lui simplement et se laisser pénétrer des idées ou des sensations qu'il apporte, sans arrière-pensée, pour le plaisir, pour se donner la jouissance de vues nouvelles et de nouvelles impressions. « Cela ne vaut-il pas mieux que de s'évertuer à en enfermer l'âme, sans être bien sûr de la tenir, dans des formules laborieuses et tâtonnantes ? A quoi bon définir difficilement ce qu'il est facile et si délicieux de sentir ? »

Votre esthétique morale n'avait pas plus de prétentions dogmatiques. Vous êtes un **moderne**, un moderne d'aujourd'hui, non d'hier, vous vous donnez délibérément pour tel, un peu plus même que de raison parfois et au

risque de paraître vouloir nous induire en quelque mys-
tification troublante. « J'adore, dites-vous, la littérature de
la seconde moitié du XIXe siècle, si intelligente, si folle,
si morose, si détraquée, si subtile ; je l'aime jusque dans
son affectation, ses ridicules, ses outrances », ce que
vous appelez, ailleurs n'est-il pas vrai? « son esprit fin de
siècle. »

Sur ce mot, j'aurais bien envie de vous arrêter. Existe-
t-il donc vraiment des fins de siècle ailleurs que dans
les calendriers? Quand je vois représenter certaines dé-
bauches d'imagination maladive comme le signe d'une
irrémédiable décadence, je ne puis m'empêcher de songer
à l'an mil, où la foi populaire avait amassé toutes les
expiations de ce monde, toutes les terreurs. L'an mil
n'était pourtant, lui aussi, qu'une date d'almanach. Grâce
à Dieu, les dates n'ont pas de réalité dans l'histoire ; elles
ne servent qu'à exercer la mémoire des candidats au baccalauréat. Le cours de l'humanité se poursuit à travers les années et les siècles, comme à travers les jours. Il a ses rapides
où, après avoir ramassé ses eaux, il se précipite ; il a ses
bas-fonds où il semble s'engraver. Cependant, dans votre
chère Loire elle-même, alors que la grande nappe pares-
seuse s'est ralentie et partagée en maigres filets comme
épuisée, la marche en avant se continue. Que nous traver-
sions en ce moment quelque bas-fond, soit. Mais n'insistons
pas outre mesure sur les dangers qui s'y peuvent rencontrer ;
gardons-nous d'évoquer trop souvent ces images de décadence, de peur que, dans ce pays qui, lui aussi, est sensible
à l'impression et que l'impression emporte, le mot ne pa-
raisse appeler et justifier la chose.

Aussi bien, dans ce siècle finissant, ce qui vous enchante, n'est-ce pas précisément la vie qui de toute part y éclate avec une surabondance étrange, confuse, mais si puissante? Tant elle vous plaît, que vous semblez n'y chercher autre chose que la joie du spectacle. Vous l'allez recueillir dans ses manifestations les plus grotesques comme dans ses plus graves expressions. Un jour, sortant de Notre-Dame, où vous aviez entendu le père Monsabré, vous écrivez : « Celui qui, étant entré le matin à l'église, s'en va le soir à l'Eden-Théâtre, après avoir flâné sur les boulevards, a pu, s'il sait voir, apprendre des choses qui ne sont pas dans les manuels. » L'esprit boulevardier, disons mieux pour ne pas troubler le repos du dictionnaire, l'esprit parisien vous enivre. Sainte-Beuve, dans sa jeunesse, a connu ces ravissements. Les vôtres ont je ne sais quoi de plus aigu, de plus intense, de plus frémissant. Le moindre livre d'aujourd'hui, ouvert au hasard, vous fait tressaillir dans votre chair, vous pénètre jusqu'aux moelles. La violence des contrastes, bien loin de vous repousser, vous attire. Vous avez adoré l'historien de la *Vie de Jésus;* et il y a moins d'un an, vous consacriez à l'auteur des *Odeurs de Paris* et des *Parfums de Rome,* au plus rude des polémistes chrétiens, le plus tendre des articles qu'il ait jamais inspirés. « Quel pauvre être de volupté suis-je donc, pensez-vous, comme étonné de vous-même, pour aimer à la fois et peut-être également Renan et Veuillot ! »

Avant de vous demander compte de cette volupté dont vous vous accusez avec une ingénuité si caressante, je veux dire avant d'en appeler à l'autre homme que vous êtes, combien je suis tenté, Monsieur, suivant votre exemple, de

m'abandonner au pur plaisir de vous goûter ! « L'esprit critique » a dit Sainte-Beuve, — dont vous invoquez le patronage en tête de vos premiers *Portraits*, — « est une grande
et limpide rivière qui serpente et se déroule autour des
œuvres, comme autour des rochers, des forteresses, des
coteaux tapissés de vignobles et des vallées touffues, qui
va de l'un à l'autre, les embrasse d'une eau vive, les réflé-
chit, les baigne, sans les déchirer. » Et tandis que vous nous
entraînez dans cette course errante, vous y répandez à pro-
fusion tous les prestiges du talent : la multiplicité des
aperçus et l'imprévu des rapprochements, l'horreur de la
déclamation et l'impatience à partager quelque chose avec
les sots, fût-ce la sagesse, une ironie douce et sans fiel,
le goût naturel de la mesure et le besoin réfléchi de l'im-
partialité, la finesse de l'émotion littéraire poussée jusqu'à la délectation, le don de tout comprendre et l'art de
tout dire, une langue d'un tour moderne et d'un fond
classique, inventive et pure, une langue du paradis de la
France, comme on appelait jadis le parler de la Touraine.
Ajoutez, ce qui est plus rare encore peut-être, le désintéressement de vos propres idées, la pudeur d'abonder
dans votre sentiment, l'éveil sur les objections qu'on
peut faire et le souci d'y répondre avant qu'on les fasse,
parfois enfin, les surprises de l'inconséquence et de la contradiction. « J'aime, dites-vous, les gens qui sont de leur
religion et de leur métier ou simplement de leur opinion,
peut-être parce que je ne suis pas toujours de la mienne. »
L'engageant aveu, Monsieur, et peut-on mettre plus de
belle humeur à nous introduire dans vos mésintelligences
avec vous-même ! En vérité, Mirabeau faisait preuve d'une

psychologie bien courte, le jour où il prétendait que l'inconséquence est la seule chose qui ne saurait se soutenir.
La contradiction est le sel de la pensée. Ne se point con-
tredire, ne s'être jamais contredit, ne point changer de manière de voir suivant l'impression de l'heure, le nuage qui
passe ou le soleil qui luit, avoir eu raison une fois pour
toutes en sa vie et n'en plus démordre, quelle tristesse, et
que pourrait-on souhaiter de plus mortel à son pire ennemi !
Se peut-il rien de plus piquant, au contraire, que la contradiction, quand, alerte et gaie, ainsi que chez vous, elle
consiste dans une réserve soudaine, dans je ne sais quelle
façon de se dérober, comme la perdrix de La Fontaine
qui, au moment où le chasseur croit déjà l'avoir saisie,
tire de l'aile et se rit !

Cette grâce paradoxale et fuyante qui, comme une flamme,
court sur votre pensée, a pu parfois, il est vrai, y trahir
une certaine inconsistance et en faire méconnaître la solidité. Mais ceux-là seuls s'y trompent, qui veulent s'y laisser
tromper. Il y avait au XVIIe siècle, dans le siècle des
grandes professions de foi et de raison, une société
d'honnêtes gens, comme on disait, — Saint-Évremond
en était un des types accomplis, — qui ne croyaient pas
que le pédantisme fût nécessaire au savoir, ni la morgue
au jugement, qui excellaient à disserter agréablement sur des
matières graves, à traiter les plus hautes questions avec
autorité sans appareil d'autorité, à raisonner très serré en
se jouant. J'ai plus d'une fois pensé que vous aviez des an-
cêtres dans cette famille d'esprits, dont le XVIIIe siècle
procède, et qui ont tant contribué à répandre hors de
France le goût français, en le faisant aimer. Pour être utile

et féconde, la critique a-t-elle donc besoin de se faire tranchante et grondeuse? Qu'ils sont à plaindre ceux que vous effleurez du bout de votre plume! Qu'il vous suffit de peu de chose pour les tenir ou les remettre en leur place! Et quand, dans votre respectueuse sincérité, vous vous attaquez aux maîtres, — aux maîtres de la grande tradition ou aux maîtres de la faveur contemporaine, — à Corneille ou à Émile Augier, de quelle main sûre, sans paraître y toucher, vous pénétrez au défaut de la cuirasse et marquez le point où ils ont pu faillir!

Quel est donc le secret de ces leçons si réservées à la fois et si décisives? A qui faut-il le demander, sinon à cet autre vous-même, le discret, mais souverain régulateur de votre pensée? Chez vous, en effet, Monsieur, si la raison ne se refuse jamais à la fantaisie, il n'est pas de fantaisie qui ne tourne en raison. Dans les raffinements, les gaillardises, les folies de l'esprit parisien auquel vous prenez, quand vous êtes de loisir, un plaisir si franc, ce qui vous intéresse, c'est ce que ses eaux tumultueuses roulent de généreux et de sain. Ce que vous aimez dans tous les sujets auxquels s'applique votre étude, —c'est ce qu'auraient aimé, ce qu'aimeraient Molière, La Fontaine, Voltaire, amenés, comme vous savez le faire, au point de vue de l'observation moderne, rafraîchis et revivifiés, si je puis dire, au contact des passions et des mœurs contemporaines : — j'entends la justesse, la clarté, le bon sens aiguisé dans la peinture de l'âme humaine. Voilà comment cette critique sans principes repose au fond, tout au fond, si vous y tenez, mais d'autant plus fermement, sur les principes qui ont fait de l'esprit français, héritier de la tradition antique, l'interprète

privilégié des idées communes à l'humanité; voilà comment vos préférences personnelles se rattachent par un lien
intime aux préférences qui sont la règle même de la raison
et du goût! Gréco-Latin par toutes vos origines, Français
de race, je ne sais de notre temps personne dont le talent
porte plus nettement l'empreinte du génie national.

Naguère nous étions fatigués des sécheresses de l'analyse scientifique et des grossièretés du naturalisme; nous
aspirions aux sources fraîches. Une note de tendresse et de
pitié nous arriva du Nord, apportée par un souffle pur; et,
en même temps, dans la détresse où le malheur nous avait
isolés, nous cherchions, à l'autre extrémité de l'Europe, la
main qui semblait se tendre vers la nôtre. Toute la France
se mit à Tolstoïser, avez-vous dit, et bientôt à Ibséniser.
Et vous Tolstoïsiez, vous Ibsénisiez avec toute la France !
La *Puissance des Ténèbres* « vous avait donné le coup au
cœur ». *Les Revenants* et *le Canard Sauvage*, *Hedda Gabler*
et *la Maison de Poupée* y avaient à leur tour fait passer le
frisson d'une émotion sincère. Vous vous laissiez ravir à
ces visions d'un monde supérieur, où des âmes, simples et
grandes, luttaient pour s'affranchir, pour affranchir l'humanité avec elles, des servitudes de la misère terrestre et des
humiliations du mensonge social. Elles étaient si tou-
chantes, dans leurs explosions naïves, ces crises de conscience, ces révoltes douces ou exaspérées contre la tyran-
nie des lois humaines et des préjugés, ces invocations
confiantes au bienfait d'un évangile rajeuni! Cependant
le livre clos, le rideau tombé, le cadre qui enveloppait de
poésie ces drames intérieurs évanoui, et l'esprit critique
retrouvant ses droits avec son sang-froid, vous vous

demandiez si c'était bien la première fois que vous apparaissaient les nobles visions des Ibsen et des Bjœrnson.
Ne les avions-nous pas déjà entendues, ces protestations
de l'âme solitaire contre les iniquités de l'oppression sociale, du droit contre la force, de l'idéal contre la réalité
douloureuse? Ces sentiments qui nous revenaient de si
loin, réfléchis avec tant de puissance par des consciences
primitives, et comme transfigurés et grandis à travers les
brumes des steppes immenses et des fiords déserts, ne les
avions-nous pas vus jadis personnifiés, au cœur même de la
France, dans la lumière limpide et dorée des traines berrichonnes ou des vergers de Normandie? Et à mesure que remontaient à votre pensée les clairs souvenirs du romantisme
français, de George Sand et de Flaubert, chassant devant eux
les brouillards du Nord, vous reconnaissiez que décidément
« vous n'aviez pas un sou de Slave dans les veines », vous
vous sentiez « redevenir Latin et Gaulois », vous repreniez
« vos défiances et vos tendresses étroites de paysan autochtone plaint par Bourget ».

Vous souririez, si j'insistais sur une démonstration superflue, si je rappelais, autrement que pour mon plaisir, avec
quelle précision vous définissez l'esprit classique, avec
quelle profondeur de sentiment vous avez analysé, dans
toutes les délicatesses de son intelligence dramatique et de
son âme, Racine, ce Français de France, comme vous dites
si bien, ce type, ajoutez-vous, du génie français : tant il est
vrai qu'il existe, pour vous aussi, l'exemplaire de beauté
auquel, par-delà les préférences personnelles, se mesurent
toutes les œuvres!

Votre conception morale de la vie n'est, sous ses appa

rences flottantes et légères, ni moins arrêtée au fond, ni moins sérieuse. « Ceux qui essaient comme moi d'entrer partout, écrivez-vous avec une mélancolique douceur, c'est qu'ils n'ont pas de maison à eux, et il faut les plaindre. » Cela seul, semble-t-il, n'est point d'un esprit si détaché des grandes questions. Il faut remonter dans les âges de foi pour trouver une confession de soi-même aussi simple que celle où votre sincérité se plaît. « Si Louis Veuillot avait vécu assez longtemps pour qu'un peu de ma prose parvînt jusqu'à lui, — c'est la conclusion de votre étude, — j'aurais voulu, après quelque article où il m'aurait traité de simple Galuchet et de cuistre par dessus le marché, le prendre à part et lui dire : Non, je vous jure, ce ne sont point mes passions qui m'ont ravi la foi : je ne leur obéis pas toujours... Et ce n'est pas non plus la superbe de l'esprit :.. je ne me sentirais pas diminué, si je croyais ce que Pascal, Racine et Bossuet ont cru. Je suis humble, ou j'y tâche... Je ne suis pas un libre-penseur, car c'est une grande sottise de s'imaginer que l'on peut penser librement. Et notez bien que vous, je vous comprends, je vous aime, je vous pardonne tout. Et j'aime les saints, les prêtres, les religieuses, non par une espèce de niaise et suffisante coquetterie morale : j'aime réellement presque tout ce que vous défendez, et je le défendrais moi-même à l'occasion. Mais enfin, si je ne puis aller au delà de ce sentiment! » On ne parle pas ainsi de ce qui ne touche point. Vous l'avez dit : vous ne concevez rien de plus poignant que le drame de la conscience religieuse. Ce n'est pas vous à qui pourraient suffire les démonstrations mondaines des croyances sans racines, des restaurations sans vertu. Dans votre apparent désintéressement, vous êtes plus exigeant envers vous-même. Très attentif au devoir de la vie, n'excluant rien de ce qui peut contribuer à l'éclairer, vous ralliez autour de votre foi imprécise, selon le mot que vous avez créé pour Lamartine, tout ce que l'humanité pensante et souffrante, païenne ou chrétienne, a rêvé de meilleur. *Marc-Aurèle* et l'*Imitation* sont l'un à côté de l'autre dans votre bibliothèque intime, sur le rayon de ceux que vous appelez les sages et les consolateurs, « vos Lares ». Cette fusion des deux grandes âmes du monde, n'est-ce pas ce que vous représentez sous les traits de Sérénus, le martyr incrédule, dont les reliques païennes font des miracles ? A côté des exaltations de la foi, au-dessus des impuissances de la raison, vous placez la religion universelle, éternelle, des postulats dont vous parliez si dignement tout à l'heure. Vous vous feriez scrupule d'en sonder de trop près la métaphysique ; mais vous vous plaisez à en commenter la morale, à la faire descendre dans les règles de l'existence. Vous enveloppez, vous pénétrez votre philosophie de bonté. « Si connaître est triste, la connaissance ne faisant que reculer de quelques degrés le terme de l'inconnaissable », ce qui ne trompe point, c'est le don de sympathie et de pitié. Tolstoï n'avait pas encore évangélisé l'Occident, vous naissiez à peine à l'observation du monde, quand vous disiez en vers touchants :

> Heureux qui sur le mal se penche, et souffre, et pleure !
> Car la compassion refleurit en vertus,
> Et sur l'humanité, pour la rendre meilleure,
> Nos pleurs n'ont qu'à tomber, n'étant jamais perdus.

Ces accents d'une âme émue de bonne heure par la misère humaine, votre maturité réfléchie ne les a point

reniés. Parmi tant de pages où vous vous laissez voir,
je voudrais citer tout entier le discours que vous adres-
siez, il y a un an, à la jeunesse des écoles. Ai-je dit un
discours? Le mot serait impropre, car il suppose plus ou
moins une thèse, et la thèse est un genre que vous ne
pratiquez point. Vous l'avez appelé vous-même une homélie,
sans doute pour ne pas perdre l'occasion de vous moquer
un peu. « Jeunes gens, disiez-vous, efforcez-vous de tout
comprendre et de tout aimer. Soyez bienveillants, soyez
indulgents, soyez bons. Point de jacobinisme, d'esprit de
secte, ni d'exclusion. Élargissons nos cœurs, élargissons
nos fronts, comme Renan voulait élargir celui de Pallas-
Athénè, pour qu'elle conçût divers genres de beauté. »
Admirable sentiment, qui ne pouvait revêtir un plus heureux langage! Dans les applications aux lois, cette habitude d'esprit et de cœur a nom la tolérance : elle fait res-
pecter l'humanité. Dans le cours régulier de la vie, elle
s'appelle la modestie, la délicatesse, la charité : elle est
le ciment le plus doux en même temps que le plus fort des
relations sociales : elle fait aimer l'humanité.

De tout temps vous avez eu le goût de recouvrir vos
idées de fictions. Et il est très curieux, ce recueil de contes
si divers que vous avez rassemblés sous le nom de *Myrrha*.
Il réunit les plus saisissants contrastes de votre talent : un
libre esprit respectueux de toutes les croyances, l'intelligence précise de l'histoire et la grâce rêveuse de la légende,
le sens profond de l'antiquité homérique et la passion de
la modernité, le goût de la simplicité attique et une pointe
d'imagination avancée qui sent son siècle, le drame naïf
de la *Chapelle blanche*, et l'idylle raffinée de *Mariage blanc,*

une délicieuse hagiographie : Myrrha, vierge et martyre, qu'un saint évêque arrache à la convoitise de Néron en la jetant sous la dent des lions de l'arène, et une histoire d'hier, la pauvre Mélie, une petite paysanne de chez vous, je suppose, qui adore sa maîtresse, la suit dans son ombre, la guette du fond des fossés de la route, comme un chien de garde, et meurt de dévouement. Assemblage un peu singulier, mais où tout se fond dans l'harmonie d'une distinction délicate, la distinction de Mérimée, votre modèle.

Mais ces petits récits, ces scènes, ces dialogues de si vive allure n'étaient qu'un prélude. Le théâtre vous attendait. A voir vos premiers essais sur la poétique d'Aristote et la comédie au XVIIIe siècle, il était clair que votre pensée se portait de ce côté et aussi votre ambition. Vous aviez à peine pris rang à Paris que vous étiez enrôlé dans la critique dramatique. Bientôt les séries des *Impressions de théâtre* se succédaient aussi rapidement que celles des *Portraits contemporains*, et presque avec le même éclat. Là, comme partout, vous vous étiez trouvé à votre place tout de suite, naturellement. Était-ce de l'autorité? Non. Vous avez toujours eu si peu le souci d'en prendre et le goût d'en montrer. Mais ce fut dès l'abord une supériorité incontestée et très personnelle. Vous avez quelque part tracé, en deux ou trois pages, l'histoire de la critique théâtrale, depuis Geoffroy jusqu'à Jules Janin et Théophile Gautier, en lui donnant pour couronnement l'œuvre magistrale de M. Francisque Sarcey. Vous y avez introduit à votre tour des aspects nouveaux, ou plutôt une nouvelle manière de voir. « Ça, c'est du théâtre! » disait M. Sarcey, réduisant toutes ses théories à cette formule qui a aujourd'hui l'autorité courante d'un oracle de Boileau. Ça, c'est de la vie, répondiez-vous avec non moins de résolution. La vie, voilà, en effet, ce que vous cherchiez, la vie vraie, avec ses fièvres latentes et ses éruptions hardies, sans prétention aux mystères de l'analyse psychologique comme sans réserve de pruderie, plus touché du particulier que du général, vous délectant au rare et surtout faisant fort peu de cas des habiletés de métier. La nouveauté était délicieuse. Nous aimons tous plus ou moins à trouver ce que nous n'attendions point. Cette critique du théâtre faite hors du théâtre, pour ainsi dire, par un homme qui ne semblait point être du théâtre, avait je ne sais quel ragoût inaccoutumé. Des analyses nerveuses, serrées, poignantes ou amusantes, et pleines d'idées : un pur régal de moraliste et de lettré.

L'intérêt était d'autant plus excité que visiblement vous vous prépariez vous-même à aborder la scène; et ceux qui connaissaient le mieux les ressources de votre talent n'étaient point sans se préoccuper des risques que vous alliez peut-être lui faire courir. Qu'un critique fût en même temps un créateur, le cas, pour être rare, pouvait se rencontrer. Mais le métier? Qui pouvait se flatter d'en méconnaître les nécessités ou d'en transgresser impunément les lois? Aviez-vous le don de la création dramatique? Sauriez-vous saisir la scène à faire? Vous l'avez faite, Monsieur, la scène à faire, dans *Révoltée*, dans l'*Age difficile*, ailleurs encore. Et certes ils sont franchement dessinés, bien vivants, ces personnages empruntés aux boudoirs et aux garçonnières de la vie parisienne, aux couloirs des assemblées et aux salons de la galanterie politique, aux coulisses

de la comédie, aux foyers bourgeois que n'a pas gouvernés
la sagesse d'une mère : Hélène et Brétigny, le député
Leveau et la marquise de Grèges, Flipote, Chambray!
Qui donc avait exprimé la crainte que le dilettantisme eût
émoussé la force de votre esprit? Quoi de plus osé que
le *Pardon?*

Mais ce ne serait point assez de constater que le théâtre
vous a réussi comme tout le reste. Vous avez conçu, vous
poursuivez une rénovation de l'art dramatique. Vos feuil-
letons en ont plus d'une fois esquissé l'idée. Vous avez
commencé à la réaliser dans vos pièces. C'est le mérite de
la jeune école, à laquelle vous appartenez, qu'elle n'affirme
pas à demi ce qui lui semble propre à la régénération
qu'elle se propose. Elle a son principe : la vérité, rien que la
vérité, toute la vérité. Elle a son cri de ralliement : guerre
aux artifices, aux conventions, et pourquoi ne pas prendre
le mot qui est de la langue même de Scribe? guerre aux
ficelles! Les préparations, ficelle! Les coups de théâtre,
ficelle! Les reconnaissances, les lettres perdues et retrou-
vées, les jeux de scène, les propos de domestiques, les
entretiens de comparses, les mots d'auteur, ficelle, ficelle!
Plus d'accessoires, d'amusettes, de procédés, de trucs qui
sollicitent l'attention du spectateur et la pervertissent;
plus de truchements ni d'intermédiaires d'aucune sorte : les
vrais personnages, en petit nombre, et qui, eux-mêmes, eux
seuls, expriment leurs sentiments, eux seuls, eux-mêmes,
font connaître les choses, sans les envoyer dire : c'est ce
qu'on appelle le théâtre direct. Une action simple, sans
prologue ni épilogue, coupée dans une aventure psychologique comme un chapitre dans un livre, n'ayant d'autre

support que le cœur humain, ne reculant devant la re-
présentation ou la confession d'aucune faiblesse, accep-
tant l'inconséquence, finissant mal ou ne finissant pas,
ainsi qu'il arrive dans la réalité : c'est ce que vous appelez
une tranche de vie. Scribe, s'il pouvait se défendre, re-
marquerait peut-être que la jeune école n'est pas toujours
aussi sévère pour elle-même que pour les autres, et qu'elle
s'affranchit parfois de la rigueur de ses propres règles...
Tenez : il y a dans le *Pardon* une voilette oubliée sur un
guéridon, qui révèle tout à la femme jalouse : n'est-ce
pas un peu ce que l'école traiterait irrévérencieusement
de ficelle? Mais ce n'est point sur de tels détails que se
jugent de telles questions. Et comment pourrais-je ici
prendre parti dans cette querelle des anciens et des
modernes, alors que les anciens nous ont tant amusés, nous
amusent encore, par leurs fictions ingénieuses, et que, par
leurs peintures hardies, les modernes nous prennent aux
entrailles? Je vois bien ce que cette sobriété de moyens peut
faire perdre au théâtre, pour le divertissement des yeux
et le délassement de l'esprit. Je ne vois pas moins clairement combien, pour des satisfactions d'un ordre supérieur, il doit gagner à cette franchise d'expression. Per-
mettez-moi seulement deux réserves.

Je voudrais tout d'abord, Monsieur, vous demander
grâce pour les préparations. Oh; vous ne les aimez pas, je le
sais. Vous professez même des principes sur ce point, vous
qui n'avez pas la superstition des principes. Les préparations sont pour vous du développement, et le développement n'est à vos yeux que de la littérature, c'est-à-dire
quelque chose qui ne mérite pas d'être dit, à la scène en-

core moins qu'ailleurs. Mais quoi? si certaines finesses
du théâtre d'hier ont pu justement provoquer votre impatience, si, dans l'art comme dans la vie, nous aimons aujourd'hui les voies rapides, la vie en conserve-t-elle moins
la force de sa logique, et l'art, l'intérêt de ses règles?
Racine aujourd'hui, votre Racine, décrirait-il avec moins
d'attentive pénétration le jeu intérieur des sentiments, leurs
progrès, les circonstances qui les développent, les exal-
tent, jusqu'à la crise qui en précipite l'explosion? Le grand
confrère dont nous pleurons la perte, Alexandre Dumas,
n'a-t-il pas écrit « que le public est aussi affamé de clarté
que d'émotion, qu'il veut qu'on lui explique le pourquoi
et le comment des choses qu'on lui montre? » N'est-ce pas
vous enfin, Monsieur, qui disiez un jour, au sujet de l'*Œdipe*
de Sophocle : « Il m'est d'autant plus agréable de voir
s'agiter les personnages d'un drame que je sais mieux où
le poète les mène. C'est l'intelligence assaisonnée de pres-
cience : un des plaisirs de Dieu, s'il vous plaît! »

Ah! conservez-nous ce plaisir de Dieu! Et peut-être
— c'est mon second vœu, — peut-être la nécessité de rendre
compte des passions que vous exprimez vous défendra-
t-elle contre l'observation trop exclusive des veuleries de
ce monde, contre les entraînements de l'humeur satirique,
mauvaise conseillère! Dans ses enivrements comme dans
ses défaillances, elle est si intéressante, « l'âme triste,
insoumise et généreuse » du dix-neuvième siècle! L'esprit
du théâtre nouveau, l'originalité qu'il revendique, c'est
de ne rien admettre à la scène qui, comme on dit, n'ait
été vécu. Mais n'y a-t-il de vécu que les mœurs, les passions,
les caractères d'exception? N'y a-t-il plus de vrai parmi

nous que le laid ? Non, les *cas* ne constituent pas toute l'âme humaine. Et vous nous avez fait vous-même si bien sentir ce qu'il y a d'irrémédiablement affaibli chez ceux qui se sont une fois abandonnés ; vous nous avez si bien appris, dans le *Mariage blanc*, quelles limites étroites séparent la délicatesse du rêve d'un moment d'avec le libertinage d'habitude, dans le *Pardon*, combien l'indulgence peut être voisine de l'indifférence banale ou du mépris ! Que ne sommes-nous pas en droit d'espérer de vous, le jour où votre talent prendra dans le plein de l'humanité contemporaine la matière d'une œuvre qui la réconforte et l'élève ? Vous avez l'esprit assoupli à toutes les idées, le cœur ouvert à tous les sentiments ; vous avez la jeunesse, le don, le succès : rien ne vous manque pour répondre à notre attente. « Je vous aimais assez pour vous aimer mieux, » dit à ses enfants le père de l'*Age difficile*. Laissez-moi emprunter le mot, Monsieur, en l'appropriant à la sincérité de nos sentiments : vous nous avez donné trop sujet de vous admirer pour que nous ne souhaitions pas de vous admirer encore davantage.

Paris. — Typ. Firmin-Didot et C⁰, impr. de l'Institut, rue Jacob, 56. — 32800.